LE DUC D'ORLÉANS

ET

LE GÉNÉRAL LAFAYETTE,

TRAITÉS CHACUN SELON SON MÉRITE.

JACQUES ET RÉNÉ,

OU

ENTRETIEN

De Deux Moissonneurs

SUR LES EVÈNEMENS DE JUILLET 1830,

Par Ch. L. Roudeau,

VÉTÉRAN DE 1789.

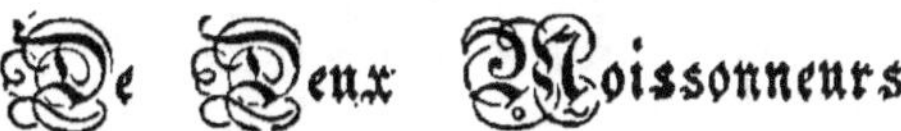

PARIS,

CHEZ LES MARCHANDS DE NOUVEAUTÉS.

1830.

PRÉLIMINAIRE.

L'austère vérité m'a dicté cet écrit; et mon cœur a été le cornet où j'ai trempé ma plume. Que des flatteurs, que des ambitieux encensent l'idole, en vue des faveurs dont elle peut disposer, je leur abandonne volontiers ce soin mercenaire.

Pour moi, qui n'ai connu le duc d'Orléans que par les bienfaits qu'a constamment versés sa munificence sur tous les êtres nécessiteux qui l'ont sollicité, et avec lesquels j'ai souvent fait nombre, je n'ai pas attendu qu'il portât une couronne pour lui exprimer les sentimens dont je n'ai jamais cessé d'être animé pour sa personne auguste. Je pourrais prouver cette assertion par divers morceaux poétiques que j'ai composés, en divers temps, à sa louange; mais je ne m'arrêterai qu'à celui que je lui ai adressé en mai dernier, et que voici :

« Oh ! que je hais un langage flatteur ;
» Mais que j'aime celui du cœur !

» L'un, du mensonge est l'image tracée,
» L'autre est l'écho de la pensée.
» Or, quand un véridique auteur
» Proclame les vertus d'un tendre bienfaiteur,
» Celui-ci pourrait-il, sans insigne injustice,
» Le soupçonner de trompeuse malice ?
» Dès qu'il s'agit de chanter d'Orléans,
» L'àme et l'esprit du vrai sont les garans :
» De Clio dérobant la plume,
» Aisément le second termine son volume,
» Et dans son vif empressement,
» A son héros il l'offre incontinent.
» Si, jusqu'ici, de ma muse stérile,
» Je n'ai pu recueillir qu'une moisson futile,
» En faveur de ma volonté,
» Qu'on veuille tolérer mon incapacité.
» Oui, prince révéré, des qualités l'emblême,
» Je vous honore et je vous aime !
» Et, dût ma franche liberté
» Vous causer importunité,
» A mon penchant irrésistible
» Daignez vous montrer accessible;
» Par votre accueil attiser mon ardeur,
» Et pour jamais assurer mon bonheur. »

Jacques et Réné,

OU

ENTRETIEN

DE DEUX MOISSONNEURS

SUR LES ÉVÈNEMENS DE JUILLET 1830.

JACQUES.

Dis-moi donc, Réné, qu'est-c'que c'est qu'tout ça qui viant d'se passer cheux nous?

RÉNÉ.

Pardi, rian que d'juste : on a chassé un mauvais Roi pour en prendre un bon.

JACQUES.

Toi, qu'es un savant, qui lis tous les jours ces grandes feuilles où c'que je n'comprenons rian, explique-moi donc un peu ce qu'tout ça veut dire?

RÉNÉ.

Rien de plus simple : Charles X occupait un trône où il n'était monté qu'après avoir promis de faire exécuter les lois. De perfides conseillers lui ont fait parjurer ses sermens ; et lui et les siens ont été renversés.

JACQUES.

Tout ç'a est très-bian ; j'sentons qu'Charles et tous les coquins qui l'trompaient n'ont que c'qu'ils méritent ; mais, dis-moi, qu'es-ce qu'c'est que c'duc d'Orléans qu'on nous donne à sa place ? j'ai entendu dire qu'c'était encore un Bourbon : et c'te famille-là, vois-tu, n'm'inspire pas beaucoup d'confiance.

RÉNÉ.

Un instant, Jacques : n'va pas confondre l'bon grain avec le mauvais. L'duc d'Orléans est b'en vraiment d'la famille dont nous n'voulons p'us ; mais c'ti-là est un brave homme, qui fait exception avec les autres. C'est un bon Français, et qui en a donné des preuves dans l'temps de c'te grande révolution dont j'ons entendu parler. Il a b'en été persécuté ! car, après avoir fidèlement rempli tous ses devoirs de citoyen, et servi bravement dans nos armées, les ingrats et les mauvais sujets, qui dominaient, l'ont proscrit et forcé à s'exiler pour se soustraire à leurs fureurs. C'brave homme, qui n'voulait pas aller mendier dans les cours, ni y conspirer contre son pays, s'est servi, pour subsister, de ses talens; car, vois-tu, Jacques, c'bon duc d'Orléans a b'en d' la science; il en a autant que d'vartus : et je n'crayons pas qu'on aurait pu trouver un Français p'us digne qu'lui d'régner.

JACQUES.

Mais, toi qui sais tout, dis-moi donc, Réné, comment qu'ça s'fait que c'duc d'Orléans, qui n'avait qu'ses talens pour vivre, ait pu s'marier avec la fille d'un Roi; car ces messieurs n'donnent pas comm'ça leurs d'moiselles au premier venu?

RÉNÉ.

Il faut qu'tu saches, mon ami Jacques, que le roi de Naples est un Bourbon, et que l'duc d'Orléans est son cousin. Celui qui régnait alors était réfugié en Sicile et reçut à sa cour son parent. Une figure noble et belle, où se peignaient la bonté, la candeur; une taille avantageuse, des formes bien proportionnées; un esprit brillamment cultivé, toutes ces perfections réunies lui gagnèrent le cœur de la fille du Roi, qui, n'consultant qu'son inclination et le sentiment, sut déterminer son père à consentir à une union que le Ciel s'est plu à bénir, et d'où s'est formée, avec le

temps, cette nombreuse et intéressante famille
qui fait aujourd'hui l'admiration de tous les vrais
appréciateurs du mérite et de la vertu !

JACQUES.

Que t'es heureux, Réné, d'savoir toutes ces
belles choses-là ! Comm' tout ce qu'tu viens de m'
dire m'cause de plaisir ! Combien que j'serons
heureux avec une bonne famille comm'ça !

RÉNÉ.

Oui, mon ami, j'serons heureux. Nous au-
rons un Roi honnête homme et citoyen, chaste
et fidèle époux, tendre et vigilant père, frère
chéri d'une sœur qui partage toutes ses vertus ;
juste, éclairé, économe, brave, loyal, humain,
bon, généreux ; amateur et protecteur des sciences
et des arts : en un mot, un tout composé des plus
éminentes qualités !

JACQUES.

Tiens, Réné, ne m'en dis pas davantage, car
j'sentons que j'ne pourrions p'us t'écouter, tant
les pleurs d' la joie et de l'admiration m'suf-
foquent !

RÉNÉ.

Répandons ensemble, mon ami, de si précieuses

larmes ; prosternons-nous devant le Dieu protecteur de la France ; remercions-le de la grâce qu'il lui a faite de lui donner enfin un bon Roi, et prions-le de le lui conserver !

JACQUES.

Oui, Réné, adorons ce Dieu bienfaisant qui nous a pris en pitié, et formons des vœux pour la prospérité de not'bon Roi, de not'bonne Reine et de toute leur intéressante famille !

LE MÊME.

I'm'paraît, Réné, qu't'a suffisamment profité d'tes lectures, et qu'ta mémoire t'a admirablement servi. N'pourrais-tu, après m'avoir si b'en dépeint l'duc d'Orléans, m'faire le tableau du général Lafayette, qu'j'ne connaissons pas et dont on raconte de si grandes choses ?

RÉNÉ.

Ce Grand-Citoyen n'm'est pa aussi connu que le Grand-Prince ; mais j'possède sur lui qu'euques notions qui pourront te satisfaire : Ecoute-moi bian.

Le général Lafayette est un de ces amis de la liberté, qui en ont sucé le lait dès le berceau. Jeune encore, il partit de France pour aller aider les Américains à secouer le joug de l'Angleterre ;

son courage , sa bravoure , ses talens guerriers le firent remarquer de l'immortel Washington, dont il devint le compagnon et l'ami et avec qui il partagea le triomphe de la victoire. L'Amérique, désormais libre, le héros revint en France, couvert des lauriers qu'il avait si glorieusement moissonnés , et reçut de ses compatriotes le tribut d'admiration dû à ses grands et nobles exploits !

La France, qui venait d'unir ses armes à celles du Grand-Peuple, et lui avait aidé à rompre ses chaînes, était elle-même courbée sous un joug plus pesant encore que ne l'avait été celui de la Nation régénérée. Le désordre qui régnait dans toutes les parties de l'administration , singulièrement dans les finances, n'annonçait rien moins qu'un corps en vétusté, et sur qui le temps avait exercé ses cruels ravages. Les esprits s'agitaient, et la saine partie de la population , éclairée et instruite, sentait le besoin d'une grande réforme. Diverses tentatives furent faites pour atteindre ce but; mais toutes échouèrent , tant les abus étaient profondément enracinés ! Il fallut recourir à l'extrême et unique ressource des États-Généraux. Ils furent convoqués et ouverts sous ce titre ; mais à peine siégeaient-ils, qu'ils se constituèrent spontanément en Assemblée Nationale , dans laquelle furent fondus les trois ordres du Clergé, de la Noblesse et du Tiers - État, qui, dans les précédentes réunions, avaient toujours délibéré séparément.

Cet amalgame politique déplut à la Cour et aux orgueilleux et ambitieux des deux premiers Ordres. Le Roi, circonvenu par tous ces dissidens, tenta de dissoudre l'assemblée; il échoua: dès-lors les esprits, déjà suffisamment exaspérés et affamés de liberté, s'enflammèrent davantage encore; et, deux mois étaient à peine écoulés depuis l'ouverture des Etats, qu'une grande révolution éclata dans la capitale et se propagea dans toutes les provinces avec la même rapidité que celle dont nous venons d'être tout récemment témoins.

La haute réputation qui environnait le général Lafayette, l'éleva, par acclamation, au commandement de la Garde Nationale, qui venait de se créer comme par enchantement. Il serait superflu d'entrer ici dans les détails de tout ce que fit l'habile général pour justifier la confiance mise en lui et dont il fut la victime; car envoyé, lui troisième, pour négocier avec l'Autriche qui nous faisait la guerre; par la plus lâche trahison, et au mépris du droit sacré des gens, ses collègues et lui furent mis dans les fers, d'où ils ne sortirent que plusieurs années après, ayant été échangés contre la fille du feu Roi.

. Lafayette, libre, mais ne pouvant rentrer en France, où sa tête était mise à prix par les monstres qui dominaient alors, et poursuivaient tous les mérites, alla se consoler de tant d'infamies et d'ingratitudes sur le nouveau continent, où le souvenir de la gloire qu'il s'y était acquise l'avait précédé. Tu sens, Jacques, comment il dut être reçu d'un peuple hospitalier dont il était le libérateur !

Cet exil volontaire de Lafayette dura jusqu'à ce que la France s'étant remise de toutes ses grandes secousses révolutionnaires, il eût reconnu qu'il pouvait sans danger reparaître sur le sol natal.

Grand homme, simple, modeste, il vécut retiré au milieu d'amis vertueux comme lui, jusqu'à ce que le vœu de ses concitoyens l'eût appelé de nouveau à la défense de leurs droits dans la Chambre des Députés, où, son éloquence suppléant son bras, il prouva que les ans n'avaient en rien affaibli les mouvemens de son cœur, toujours palpitant pour la sage liberté !

Enfin, mon ami Jacques, tu as vu, comme moi, cet élan unanime des braves Parisiens, redemandant, à grands cris, leur ancien et illustre chef ! Tu as vu le sublime dévoûment de ce héros des Deux Mondes, dans un mouvement où tout flottait encore dans l'incertitude du succès, et où

un revers eût inévitablement entraîné sa perte !
Voilà, Jacques, voilà le général Lafayette ! Ferme
colonne de notre seconde révolution, comme il
l'avait été de la première, comptons que par ses
efforts, unis à ceux de notre bon Roi, nous ter-
minerons glorieusement notre heureuse régéné-
ration.

JACQUES.

Je n'puis assez t'rdmirer, Réné : qui m'eût dit
qu'un homme des champs, maniant comme moi
la serpe, savait de si grandes choses ! J'croyons,
ma foi, qu't'a eu commerce avec le malin esprit.
Et où diable as-tu donc appris tout ça ?

RÉNÉ.

La nature, mon ami, a seule été mon guide : un
peu de c'te chétive instruction qu'nous recevons au
village, a suffi pour développer en moi les ger-
mes heureux qu'y avait plantés cette bonne mère.
Je n'possède point cette éloquence, cette érudition
nourries par de profondes études ; mais je suis
l'impulsion de mon gros bon sens, et, aidé d'un
peu de lecture, j'essaie à classer dans ma mémoire les traits saillans qui m'ont frappé. Et tels
sont ceux dont je viens de te donner les déve-
loppemens. Tu désirais connaître les deux mor-

tels destinés principalement à cimenter et à assurer notre bonheur ; je m'suis efforcé de t'satisfaire : ai-je réussi? A toi seul appartient de résoudre cette question.

JACQUES.

Ah ! Réné, pourrais-tu douter d'la jouissance que tu viens de m'procurer? Embrassons-nous, mon ami, et volons ensemble vers le temple, pour offrir à l'Éternel nos très-humbles actions de grâces.

RÉNÉ.

Bien pensé, mon ami Jacques, partons.

Paris.—Imprimerie de SÉTIER, rue de Grenelle St-Honoré, n. 29.